KB136910

너울 여지도

너울 여지도

최인락 일곱 번째 시집

도서출판 명성서림

일곱 번째 시집을 내면서

어둑한 새벽 먼동이 틀 때
늦잠으로 뒤척이는 먼 옥구슬들은
그저 포근한 비단 속 미련에 꾸물꾸물
겹겹이 꿰인 파란 보물들이
하늘 밑에서 이리저리 구른다

울룩불룩 산소 뿜는 옥구슬 향
먼 우주를 휘감는
고운 융단에
신선이 천천히 내려온다

먼 우주 둘레에
아지랑이로 솟아오르는 이 진실을
온 세상 가득히 뿌려
모두가 더욱 행복해질 수 있기를
오늘도 비단 너울로 열심히 굴러간다

– 본문 "비단 너울" 전문

건강을 지키려면 누구나 걷는 운동이 가장 좋다 한다 그래서 틈만 생기면 마을 뒷산에 오르는 것이 일상화됐다 선학산(경남 진주시), 송비산(경남 사천시)은 적당한 비탈길로 되어있어 그렇게 힘들지 않고 2~3시간 정도 오르내리다 보니 다리에 힘이 오르고 정신도 맑아지는 것 같다.

예순에 접어드니 인생의 반환점이라고 하는데 예전과는 달리 급속히 늙어 가는 것이 눈에 띈다 그것도 모르고 맨날 50대의 생각에 머물러 있었던 것 같다.

그동안 나도 모르게 온몸이 혹사당하고 있었던지 백발에 탈모 주름살과 잊음이 말해주고 있다

누가 뭐라고 해도 나는 아직이라고 치부하였고 영감들의 생각이라 거들떠보지도 않았다.

정년퇴직 후 10년간 내 생각만으로 살았으니 이제야 내 주위가 허전해져 있었음을 알게 됐다

건강의 3대 척도는 몸과 정신 사회성이라고 했던가 나는 모두 다 지키지 못한 것 같다.

건강을 위해 시작한 이 산은 시를 창작하는데 좋은 무대가 되어주었다 산은 언제나 날 위로하고 용기를 주어 시어가 있는 나라로 안내하고 있다 나이 들어도 새로운 도전을 좋아하는 나에게는 더 없이 신기하고 즐겁다.

이제는 산에 오르지 않으면 저 산이 나를 불러서 이야기하고 싶어 하는 것 같아 시간 나는 대로 꾸준히 산을 오른다 나에게는 참으로 좋은 친구요 스승이다.

정상에 올라서면 우주의 먼 푸른 산들이 서로 어깨를 나란히 걸고 가물가물 서로 뒹굴며 즐겁게 놀고 있다 하늘에 맞닿은 저 봉우리들은 언제나 행복 아지랑이를 발생하고 저렇게 울룩불룩 아른거리는 저 너울을 따라가다 보면 그냥 아이가 되어 같이 뒹굴고 있다
나는 누구이며 여기는 어디인가
어느새 몹쓸 잡념들은 모두 사라지고 그냥 환상의 꿈을 꾸고 있는 것 같다

저 먼 산이 한사코 유혹하는 이유는 무엇일까 비단 너울로 가까이 다가오는 저 푸른 메시지가 시詩인가 싶으니 볼수록 온몸이 떨려온다.
칠순의 눈을 크게 뜨고 저 고운 시어를 "너울 여지도"에 한가득 담아본다

2024년 3월 최인락

차례

2 · 꿈은 꾸어야 해

차례

4

•

먹거리의 탄생은

6 • 대자연의 나이는

제1부

도저히 알 수 없는 길

거울아

넌 어찌 그렇게도 늙었나
웃을 때는 잔주름이 물결을 이루고
머리에는 하얀 서리가 쌓였는데
맑은 저 거울 속에서
알 수 없는 몰골이 멋쩍게 웃고 있어

이마는 훤칠하게 잘 닦아 놨는데
인생 연륜은 있기나 하는지
말할 때마다 입가의 잔주름도
같이 따라 말하고 있어

어깨너머로 무거운 짐이 숨어있나
어찌 축 쳐 저 있는 노구인가
조용한 저 거울도 어쩌지 못하겠는지
그냥 내 눈치만 보고 있다

겨울의 빗줄기

죽으라 퍼붓는
차가운 빗줄기야
네가 무슨 애환이 있어
때가 아닌 차가운 피눈물을 쏟고 있나

우울한 인간은
기약 없는 불안의 연속인가
희뿌연 허공도 눈을 뜨지 못한 채
그냥 겁먹은 세월만을 붙잡고 있다

사람들아 그만 울어라
이 아픈 긴 고통을 씻지 못해
우울로 앓아온 지금
내 차가운 빗줄기로 미친 듯이 뿌리련다

고희古稀 입문 · 1

아
고희에 꼭 입문해야 하는 건가
세밑에서 중대한 시험을 앞둔
수험생의 엄중함이
거쳐야 할 한 연륜의 단계에 섰다

부지런히 걸어가야 하는
무한한 인생길에
과거의 이야기는 사라진 내 발자국일 것
낯선 군중 속에 막 뛰어드니
모두 다 나 같아 묻지도 못하겠네

느지막이 귀먹고
섬세한 것 모두 놓치고는
그냥 딴소리하고 있는데
그래도 지금 이 순간이 최고로 젊다니
서서히 지워져 가는 이 큰 공간에
어떻게 해야 내 인생 이야기를 담아갈까

고희古稀 입문 · 2

모르는 세상사 긴 터널 속을
마냥 앞만 보고 달려왔어
어떻게 지나왔는지
갑자기 터널 밖이 환해지니 고희라네

그동안 어려운 인생 숙제만 하다가
이제 겨우 이 삭신 하나 부둥켜안고
낯선 곳에 서 있다
어디를 봐도 모두가 어설픈 초행길

저 거울도 늙어가는지
그냥 내 하는 짓만 보고 있어
허공에 두 팔 벌려 고함을 질러보건만
응답 하나 없고
곁에 다가온 고희만 느긋해 있다

과세過歲 · 1

세월 속 여기는 어디쯤인가
언제나 똑같은 하루이건만
새해 시작하는 원점에 서서
선조님 얼굴 뵈어야 하는 날
갑자기 간호에 기댄 어머님이 먼저 보인다

가족을 떠나간 단신이라
희미한 낯선 이웃들 간에
알 수 없는 나약한 숨소리만 천정에 떠돌아
이것이 남아있는 생명의 소리인가
지나감도 다가옴도 없는 그저 밋밋한 시간아

과세야 너는 해마다 새롭다 하나
느낌 하나 없는 여기에도 새해가 있단 말인가
그러고도 모두에게 공평하다 했나
새해라고 언제나 앞서서 달려만 가는가
가족이 없는 이곳에서 새해가 되면 뭘 해

과세過歲 · 2

새로운 한 해의 시작점도
늘 같은 하루에서 출발하는데
어째서 똑같은 날을 두고
모두들 새롭다고들 하는지

무심코 흘러가는 세월아
시작과 끝남도 분명하지 않는데
인간만 외쳐대는 구호인가
언제나 이것 하나로 제 나이라고 가늠하니

나는 긴 세월 어느 중간에 와 있는가
내 먹은 나이는 어떤지
세월아 알아듣게 말을 해봐라
이제는 다가올 안녕의 무게로 알아야 하나

기다림

깊어 가는 한 밤중에
피곤도 시들어갈 시각에
눌려오는 졸음이 천근만근
열릴 듯 닫힌 문이 갑자기 스르르

아
순간 졸음이 확 달아나고
누적된 걱정이 모두 사라져
육중한 문 힘껏 제쳐 보니
반기는 것은 그냥 헌신짝뿐

도착할 시각은 벌써 지났는데
와야 할 내 사랑은
어째서 아직일까
같이 있을 때는
왜 이런 사실을 몰랐을까

긴긴밤의 가로등

으슥한 가을밤에
살짝 졸 수도 없는 가로등 팔자
저 의자 등받이에 비스듬히 기대어
깊은 밤 힘없는 불빛은
오갈 데 없는 저 낙엽만 보고 있다

캄캄한 하늘 저만치에서
작은 별 하나가 나뭇가지에 걸려
헤어나지도 못하고 있는데
아무도 오가지 않는 야속한 이 밤

잠 잃어 밤을 떠도는 이 나그네는
그저 별 한 번 의자 한 번
세상사 걱정을 제 혼자 다 짊어지고
이 밤이 얼른 새지 않는다고
캄캄한 이 밤을 자꾸 마신다

껍데기 하나

꿈 많았던 내 어린 나이를
저 세월이 다 먹어 버리고
쭈글진 빈 껍데기 하나 둥 궐

그동안 건재한 것만 믿고
무작정 뛰어왔더니
이제는 눈 귀 멀어 행동조차 게을려
내 말을 듣지도 않으려 해

현실을 외면한다고 그냥 아니겠는가
한 세월에 모두 빼앗긴 지금
억울해야 할 시간도 없다
이 바쁜 세월에
그래도 빈 껍데기 하나는 겨우 건졌어

내 며늘아

18세 어린 나이로 시집와
평생 어려운 시절로 영근 몸이
젊은 시어머니 되어
나도 모르는 죄악이 발동해
어찌 네만 보면 앙갚음이 날까

고부姑婦란 이름으로 이제 만나
네 한태만은 한없이 베풀고 싶었는데
그냥 그 마음일 뿐
나도 모르게 괜한 심술보가
자꾸 터지는 것은 뭘까
진정 내리사랑은 어디에서 뭘 하나

날 간호하는 착한 며늘아
악연의 혓바닥이 또 찢어 지려한다
어째서 자꾸 죄악으로만 토설하려는지
난 왜 자꾸 이러는지 모르겠다
이제는 용서해 달란 말도 못 하겠어

내가 죄인이다

겨울 문틱에서
사람들은 벌써 춥다고
두꺼운 옷으로 걸치는데
저 나무는 어찌하여 겁도 없이
입은 옷마저 모두 벗어던지는가

무슨 업보가 그리도 많아
혹한이 엄습해 올 엄청난 고통을
어찌 다 감당하려고
저렇게 제 스스로 청할까
뙤약볕에서 평생 녹음으로 봉사했는데

무더위 식히려고
무단 사용한 내가 큰 죄인이다
그 옷 벗지 마시라
모두 내가 벗고 그 채벌도 내가 받아야 해

멋진 친구

언제나 만나야 될 친구야
우리는 하늘이 내린 진정한 친구다
이제는 한시라도 안 보이면
덜렁 겁부터 나는 것은 왜일까

화분에 물을 주다가
화초가 잘 못 돼 있으면
간밤의 친구가 먼저 생각나
바로 확인부터 해 본다

지금 내가 무엇을 하든
그냥 생각나는 나의 멋진 친구
평생 같이해온 일상이라
삐져서 토라지면 얼마나 귀여운지
친구야 네도 그렇제

봄 실은 열차

철길 위로 긴 송충이 한 마리
아무 말 없이 꾸물꾸물 기어가는데
무엇이 그리도 급한지
눈 하나 크게 부릅뜨고
저 어둔 굴속으로 그냥 빨려든다

봄 꿈을 가득 실은 채
힘껏 달려가는 저 기분을 누가 알까
어떤 봄을 실었길래
저토록 바삐 달릴까
간지러운 봄은 여기에도 있는데

겨울에 묵은 갑갑증을 모두 털어버리려고
저토록 급하게 달려가고 있는 걸까
봄을 앓는 자의 몸부림인가
저토록 힘이 오른 송충이 한 마리는
자꾸 투덜대며 남쪽으로 마구 달려간다

비 오는 날

세상이 하도 시끄러워
잠시나마 조용히 쉴 수 있도록
연일 속 깊은 배려가 내린다
저 세찬 굵은 물줄기로
세상사 온갖 오염물을 씻으려나

오래 짓누르던 찌든 세상을
저 빗물이 서서히 녹이고
허공에 시끄럽던 아우성도
이제는 조용히 안정을 찾아가

언제나 가볍게 떠들던 저 군중들도
이제는 평화를 먹었는지
더 떠드는 소리 들리지 않고
거친 민심은 그냥 조용히 비에 젖는다

여유餘裕 인생

꾸물꾸물 파도는 한없이 몰려들고
밀려나는 파도는 단 한 줄도 없다
저 많은 파도가 한 곳으로 모여들어
더 불어나지도 않고 모두 어디에 쌓일까

긴가 키 큰 가로수는
억센 바람에 죽으라 휩쓸려도
다음 날이면 아무 탈 없이 꼿꼿이 서 있어
아무리 어려워도 부러지지 않으려는
저 유연성은 하늘도 감동해

세상에는 이런 여유로움이 많은데
손에 노탐 하나 꼭 쥔 사람아
그 손을 놓지 못해 고행길을 자처하는가
붉게 타오르는 저 아름다운 노을도
금방 다 태우고는 뒤도 돌아보지 않는데

인생 향기

평범한 일상의 길에
오다가다 보는 우연한 두 얼굴이
제도 모르게
그냥 인생 향기가 나네
입을 먼저 떼고 싶어도 왜 용기가 없을까

잠깐 스치는
그 모습 그 향이 점점 익어가니
어느새 모르는 감동이 일고
그냥 설렘에 잠 못 이루는 밤아
기다림에 지쳐가는 이 목마름

어디서 다시 만나질까
만나면 무슨 말을 해야 하나
그냥 뛰쳐나가려도 두려워 오네
이 갑갑증 털려고 무작정 뛰쳐나가는데
약속도 없이 무모한 짓인데도
이토록 기뻐오는 것은 왜일까

점 하나의 쾌거

손에 꼭 쥔 이 작은 점 하나
좀 더 자세히 보면
칠순七旬까지 걸어온 멋진 인생도
모두 이 작은 점에서부터 시작된 것일 것

저기 흐르는 시냇물
나뭇가지 흔들고 있는 바람 손
녹음의 짙푸른 조화로움까지도
이 작은 점들이 모여 속삭이는 큰 생명

세월은 한없이 흘러가는데도
그 누구도 멈출 수 없는 한
지금이 가장 행복한 시간이요
가장 젊은 나이인 것을
이 모두가 수많은 점들이 모여
일궈낸 생명의 쾌거

졸음 속은

눈꺼풀이 얼마나 무거웠던지
힘 한번 써보지도 못하고
그냥 온 세상이 스르르 덮어져 간다
갑자기 어디론가 미궁으로 빨려 들어가는데
아무리 정립하려 애써도 그때뿐

내 의지 따위는 오간데 없고
아무것도 모르는 안갯속에 푹 싸여
이 낯선 현실아 여기는 어딘가
막 벗어나려고 아무리 발버둥 쳐도
내 눈이 먼저 빨려든다

이곳은 언제부터
밝고 아늑한 축복만 살고 있었나
낯선 자 죄지은 자
그 어떤 누구도 가리지 않고 모두 받아 줘
죄 많아 피곤에 떨어진 이 삭신 하나까지도
모두 다 용서해 주는 이곳은 도대체 어딘가

칠순의 매력

고희가 심어 놓은 긴 연륜
자신도 모르는 사이에 넓어진 가슴
웃을 때 깊이 파인 주름살에
인생 향기가 묻어난다

사회에 받쳤던 젊은 세월은
이제 공로로 돌아와
멋진 인생길이라 이르고
칠순 맞은 부모의 여행길을 터주는 숨은 손길
어디서나 배려 넘치는 고마운 젊은이

아무리 칠순이 둔하다 해도
어찌 이런 설렘을 모를까
부부 두 손 꼭 잡고 제때 나들이함에
동행해 주는 동서들의 속 깊은 응원에
칠순 놀이가 참으로 아름답다

칠순七旬 입문

거울아 너도 칠순인가
지금껏 어디서 무얼 했기에
잔주름에 엉성한 백발로 여기서 만나는가
옛 모습 살짝 감춰진 주름 뒤에는
어릴 적 앳된 철부지가 묻어 있어

여기까지 온다고 정말로 수고했어
아직도 해결 못한 근심 때문에
그렇게 네 얼굴이 시커멓게 탔나
생각도 서서히 퇴색되어 가고
더듬는 것이 당연한데 숨기려고 하는가

지워지지 않는 희미한 망상들이
안에서 자꾸 밀려 나오고
아직도 못다 한 인생 숙제가 눌린다 해도
백발이 격에 맞지 않는다고 다그쳐도
현실을 인정하면 그것으로 편안해지는 걸

할아버지 냄새

알 수 없는 희미한 허공 속을
언제나 마스크로 걸러 마셔야 하는
갑갑한 일상들
언제나 벗어야 할 날이 오는지

건강길에서 모처럼 마스크를 벗어보니
이토록 청량한가
여기는 젊은 향이 넘처나
모처럼 자유 찾은 이 가슴아

다시 써보니 찌든 술독 냄새가 나
묵은 세월에 녹아나는 노구의 냄샌가
열심히 쌓은 내 신선한 연륜의 향기는
어찌 한 점도 없을까
이제 생각하니 아이들이 제일 싫어하는
지독한 할아버지 냄새였어

제2부

꿈은 꾸어야 해

가야인의 저력

인류 역사가 살아 숨 쉬는 곳
아라가야 옛 도읍지를
세세히 돌아
조상님의 존엄한 지혜를 맡는다

세월 따라 흐르는 구름 넋이라 해도
선조님의 우렁찬 함성은
하늘을 감동시킨 천기로 남아
지금도 그날의 호통치는 소리로 들린다

백성은 곧 나라의 주인
국운 때마다 의연히 일어나는 민심은
어떤 총칼 앞에서도
언제나 당당한 가야인의 저력이 숨 쉬고 있어

* 아라가야 : 가야 6국 가운데 한나라로 경남 함안군이 옛 고대국가의
　　　　　문화 중심지다

고목의 나이는

고목의 나이가 궁금하여
썩은 밑둥에게 물어본다
피부는 갈라져 주름 파인 지 오래다
떨어지려는 각질만 자꾸 늘어나

바람이 오다가 돌아서고
새도 날아와 앉지도 않네
이래저래 걱정하는 소리에
세월만 자꾸 무겁게 쌓여간다

내 나이 더는 묻지 마라
저 세월만이 알고 있을 것
그저 적막함이 내 나이인지
언제 저 하늘이 숫자를 지워 버렸어

구름의 업보業報

허공에 느릿느릿
무겁게 떠가는 먹구름의 행보
얼마나 업보 많아 저렇게 걷는가
그냥 늙어지니 저럴까
바람친구 미동도 없어 참으로 답답해라

보이는 것만큼 네 업보인가
해업은 어찌하고 갈길만 재촉하나
무거움 토하지 못하고 종일 꾸물대
애꿎은 마음만 쓰이네

아무리 풀리지 않아도 급한 성미 줄여라
네 착한 세상이 서서히 보일 때까지
쌓였던 묵은 죄업 하나둘 풀리는 날
가벼운 흰구름으로 날아갈 것

그림자의 진실

요즘같이 허풍 많은 세상에
날 보고 키 작다고 자꾸 놀려대나
붉게 달아오른 저 노을은
자꾸 제만 믿어라 한다

허공에 가득 찬 허풍 모두 태우고
해 기울어가니
내 작은 키가
갑자기 쑥쑥 커가고 있어

서쪽의 붉은 눈알 하나가
빨갛게 이글 그려
저 노을은 서쪽 하늘을 한참 데우고
내 그림자는 자리를 옮겨도 자꾸 커간다
소원이 이루어지는 순간
세상 모든 그림자가 한 몸이 된다

낙엽의 몸부림

낙엽길 밟는 사람아
네 발밑에 세월 우는 소리 들어보라
변방으로 날아가 쌓이는 그 낙엽도
희미한 여명 한점 남김 없어
그저 힘없이 굴러가는데

날 짓밟더라도 부수지는 말아 주세요
이대로 바람 만나면
어디든 온전하게 굴러가야 할 몸
힘에 부치니 아무것도 안 보이니
바람이라도 빌려야 떠나갈 것을

비 오면 길바닥에 눌어붙어
아무 데도 못 가게 붙들어 놓고
동장군은 이 생각까지 꽁꽁 얼려
바람이 제 아무리 세게 밀어붙여도 안 돼

내 친구야

오래 묵혔던 내 보물 하나
오랜 기억 속에 간직한 어렴풋함에
머뭇거림도 없이 금방 알아보는 어린 아이
두 손 덥석 잡고 놓을 줄 모른다

주름 사이로 앳된 웃음 그대로인데
여태껏 어디서 뭘 했나 동시에 묻는다
너나 나나 숨소리 하나 변함없어
이제 보니 그 시절 그대로 멈춰 있었어
두 손 꼭 잡으니 지구도 돌지 않는다

묵은 나이도 잊은 채
갑자기 어린아이가 된 두 노구야
우리의 시간이 얼마나 흘렀다고
그새를 잊었을까
겉껍질이 아무리 몰라보게 변했어도
우리만 잘 아는 풋내가 나거든

내공의 길

세상이 잘 보이지 않거든
저 맑은 수면을 자꾸 닦아보라
네 마음이 보일 때까지

경쟁 꾼들이 널 자꾸 괴롭히거든
창공에 가득한 청정 향을 계속 마셔보라
저 푸름이 다 없어질 때까지

물이 혼탁하여 도저히 못 마시겠거든
세월의 무게로 계속 기다려라
흙탕물이 다 가라앉을 때까지

이 세상 그 어떤 어려움도
시간이 다 해결해 주는 것
온 세상이 아무리 얽혀있어도 포기하지 마라
대를 이어 푸는 한이 있어도
그 답은 항상 네 결정에 달려있어

내공하는 고목

물도 귀한 바위 능선에 겨우 붙어서
피눈물로 영글어온 작은 고목아
험난한 세상의 이치를
제 몸소 깨달아 보겠다고
기약도 없는 험난한 내공길 자처했나

허공에 양팔을 크게 뻗으니
아무 잡힘도 없는 이 삭막한 세상에
몸에 닿는 것은 모두 발아래뿐
잘못 건방지기 딱 알맞은 요즘에
높이 들뜬 마음 조용히 중심 잡아 견뎌온 세월

공룡능선에 까치발 딛고 온몸 창공에 맡긴 채
억센 바람에 날리지 않으려고
바람 향해 얼마나 절을 하였던가
바위 붙들고 버텨온 심신 연마의 길
흰 구름 속에 푹 싸여
아무것도 보이지 않으니 이젠 나도 없어

세월 흐르는 이곳은 어디쯤인지
흐르는 천기 속을 아무리 더듬어도
희미한 느낌 하나 없는데
인간이 하면 어찌 신선이 된다고 하는가
허공에게 물어도 아무런 말이 없다

노령의 길

무거운 먹구름도 늙으니 철이드나
제 가는 곳마다
무거운 노탐을 하나둘 버릴 줄 알고
사방을 둘러봐도
걸치적거림 한 점 없이 시원히 달아난다

그게 맞는지 세월한테 물어봐도
아무런 생각이 없다 하고
오직 공평하게 기회를 준 것뿐인데
더는 묻지 마란다

대자연도 과욕하지 않으려
제 철학을 한번 더 챙겨보고
힘없는 저 구름도 괜히 허튼짓 않으려
바람의 힘도 빌리는데
인간만 제 탐욕 하나 버리지 못하고
무섭게 늙어간다

녹색 탄생기

이제 막
물가에 솟은 생명 하나
처음으로 물에 비친 제 모습 보고
일렁이는 물결 따라 움직이니
아 나는 어디든 갈 수 있어 좋구나

새벽 물안개가 자욱하게 피어나
온 세상을 제 품에 꼭 안았다가
해 뜨자 소리 없이 풀어주는 어머니 품
얼른 커서 녹색 향으로 보답해야 돼

땅속의 검은 노독 모두 털어내고
저 햇볕이 주는 힘찬 에너지로
원대한 신록의 꿈을 펼쳐가니
바람도 자꾸 흔들어 재촉하네

다리의 업보業報

곧은길은 전망도 환하게 밝아
흐르는 강줄기에 걸쳐진 다리가
바지 걷어 올린 채 서 있어
저 다리 건너는 것은 곧 수평선을 걸어가는 것
흐르는 한 세월도 이 다리 건너갈 것을

밀려드는 많은 차량들을
아무리 무거워도 두 팔 들고 서서
끝없이 견뎌내야 하는 나의 숙명이라
사람들은 빈 팔을 그냥 들고만 있어도
죽겠다고 난린데
우리는 아무리 아파도 절대 내릴 수 없는 팔자

차량아 그렇게 무섭게 달리지 마라
불뚝 성질 스스로 진정해 보지만
사람들은 어찌 밤낮도 없을까
다리가 후들거려도 아무도 믿지 않으니
언젠가는 인간의 업보로 이어질까 겁나

붓끝의 이야기

한 해를 마무리 짓는 날
지구가 빨리 돌아간다 해도
어쩐지 바쁠 것 하나 없네
이 붓은 묵은 것까지 잘 찾아내니
언젠가부터 붓이 시키는 대로 따라갔어

허공에 흘러가는 생명의 잔상들을
실시간 담아놓으니
한 인간의 그 시대적 인생 캡슐이라
먼 훗날에 어떻게 보일지 몰라도
나 대신 영원히 살아 숨 쉬고 있을 것

작은 가슴 큰 숨 한 번
하늘의 청정 향을 한껏 마셔본다
언제나 새로움이 가득해
그 사람 그 붓인데도
하늘 나는 새 한 마리 바람 한 점까지도
이야기 나누는 시간은 참으로 즐거워

모르는 괴물아

모르는 괴물한테 물렸는지
그새 긴장은 다 풀려 어디로 갔는지
따가운 목 광장엔 불이 타올라 항상 칼칼해
입안이 바싹 말라 붙어가 세상이 왜 이래

몸을 자꾸 짜는지 맑은 콧물만 나와
마른기침은 허리가 접히도록 크게 해
계속 짙은 가래로 끓어올라
늙어지면 노탐으로 썩어질 잔재물일까
어지럼증은 온 세상을 기분 나쁘도록 흔들어 댄다

깔까로운 기도는 숨 쉴 때마다 고통이요
쉰 목소리는 따갑고 말하기 조차 귀찮네
나에게 말을 건네지 마라
배는 고픈데 왜 그 맛이 아닐까
그 좋던 식성으로도 그냥 대체가 안되네
무조건 잘 먹는 것만 명약이라고 하는가

그놈이 딱 일주일만 살겠다더니
제 하고픈 해코지는 모두 다 해놓고 아직이라
이 놈아 말없이 떠나가더라도
네 천연 항체나 제대로 심어놔라
훗날 어떤 놈이 찾더라도 모두 다녀갔고 하련다

소나기 채벌

엄청난 무게로 하늘이 눌리니
중압감에 곧 터져 나갈 듯
죄지은 자 모두 엄벌에 처한다고 했을까
죄업 많은 자 모두 나오라는 가

갑자기 온 세상이 어두워지고
뒤따르던 내 그림자도 어디로 잡혀갔는지
어디에도 보이지 않고
그냥 겁에 질려 그 자리에 섰다
하도 죄업이 많아 전신이 시커멓게 다 타고
나는 없다

온몸은 멍울로 얼룩진 근심덩어리라
무거운 업보 조금이라도 씻을 수는 없을까
어디서부터 어떻게 풀어야 할지
갑자기 세찬비가 엄하게 때릴 때
이 죄인 맨몸으로 나가 고맙게 맞으련다

안갯속의 비밀

앞이 보이지 않는
희뿌연 허상 속
흰 구름도 아닌 솜털 가루로 세상가득
조용한 수면에 스멀스멀 기어 간다

손으로 살며시 비벼보고
어떤 향이라도 있는지 가까이 맡아보고
빈 알몸으로 그 속에 푹 담가봐도
그냥 순수한 안갯속이라
미미한 소리하나 들리지 않는다

어떤 미련 하나라도 남기지 않으려고
생각까지도 희멀게 비운 무념無念 속
지나가는 바람도 그냥 돌아서고
항상 아름다운 감촉으로 포근하다

옛 둥지의 나이는

살다가
그냥 떠나가면 빈 집인가
더 큰 세상으로 날아가고 싶어
박차고 나간 지 언젠데
그저 빈 집하나 덩그러니 입만 벌리고 있다

아무리 넓은 세상으로 떠났어도
혹한에는 다시 찾아올 만도 한데
이 추운 엄동설한에
제 어린 새끼 달고 어떻게 살아갈까

대문 없이 그냥 방치된 옛 둥지는
아무나 들락거리는데
염치없는 저 바람만 문을 여닫네
묵묵히 견뎌온 저 옛 둥지는
그냥 그 옛날만 기억하고 있다

오늘의 캡슐

하늘이 얼마나 울적했으면
온 세상이 짙은 회색 속이라
그냥 물동이로 종일 퍼부을는지
세상 모두가 꼼짝없이
오늘의 캡슐에 웅크리고 있다

모든 제 활동을 빼앗아 버리고
생각도 오늘로 묶어 놓은 못난 캡슐아
도대체 어쩌란 말인가
제 무기 속에 갇힌 저 허공도
한없이 떨며 울고 있어

무심히 흘러가는 저 세월 하나
붙잡지도 못하면서
언제나 느긋한 척 양반 행세해
제 주름살 하나 없다고
모두가 제 같은 줄로만 알아

전 구형왕릉 傳 仇衡王陵

융성했던 옛 신라
요란한 함성이 묻힌 이곳에
어린 왕족들의 꿈을 닦아온 곳
넘쳐나는 진골의 힘이 모여
결국 통일신라를 이끌어낸 역사적인 쾌거

만백성을 어버이로 여겨온 철학
언제나 열공하는 리더의 올바른 자세가
당찬 태평성대로 이끌어간 요람 터
오늘도 왕산에는 그 옛날의 생기가
계곡을 울리고 있다

긴 골짝 작은 돌집에서
뚫어진 하늘 길을 활짝 열어 놓고
지구촌의 천기를 한눈에 읽는 옛 지혜로
밤마다 총총한 별을 헤아려 간다

* 전 구형왕릉 : 경남 산청군 금서면 화계리에 있는 전 구형왕릉
　　　　　　 금관 가야국의 10대 마지막 왕으로 지금의 왕산자락
　　　　　　 에 있는 신비한 돌무덤

점占 하나의 힘

손에 든 이 작은 점 하나
자세히 살펴보니
칠순七旬의 당찬 꿈도
여기에서부터 시작된 것인가

시원한 소리로 흐르는 저 시냇물
나뭇가지 신나게 흔들어 대는 바람 손
온 세상이 제대로 꿈틀대는 것 모두가
이 작은 점들이 모여
큰 역사 이루는 절묘한 속삭임이라

적막한 한밤중에도 정적을 깨는
저 생명의 숨소리를 들어보라
제 아무리 침묵하려도
생명이 고동치고 있는 한
작은 점들의 우렁찬 맥박 소리는
한시도 멈출 수가 없어

지금 이 순간

저기 높이 흘러가는 구름이
뭉쳤다 그냥 흩어지고
서로 싸우는지 연출을 하는 건지
제 하고픈 것 다 해보는 저 재주도
한번 떠나가면 아무 미련 하나도 없어

땅은 훈풍을 머금고
새싹을 틔워 올려
한해의 인생을 시작하는 힘찬 출발선상
제 발 빠른 동작으로
모두 실속 있는 결과를 미리 준비해

유독 인간만 지나간 한 세월에 매달려
미련에 울고 향수에 젖는 꼴
제 발목에 걸려 그냥 우울하니
아무리 잊으려고
술잔 가득 부어도 자꾸 되살아나는지
지금 이 순간이 가장 젊고 행복한 것도 몰라

탄생하는 날

어둡고 갑갑한
두터운 세상 벽을 계속 박차니
먼 하늘이 곧 열릴 듯
무겁게 몸부림치더니
먼동이 숨 한번 크게 몰아쉬는 순간
꾹 참았던 우렁찬 울음보가 막 터지는 순간

세상에 막 탄생했음을 크게 고하니
조용하던 삼라만상이 막 흔들리고
새싹표 고함 소리에
세상의 눈들은 모두 한 곳으로 모여
한 생명을 축복으로 감싸 안는다

이 넓은 지구촌에
이제 막 제자리에 안착하니
울리던 온 산야가 평온해지고
이 지구촌을 찾아온다고 얼마나 피곤했던지
그새 새근새근 잠으로 인사를 한다

하늘의 진노眞怒

자연은 언제나
순리적인 철학으로 맑고 깨끗한데
보이지 않는 희뿌연 괴물 하나가
지구촌의 생명을 그냥 옥죄이고 있어

벌써 허공은 우울에 걸려 울고
한파도 제자리 못 찾았는지
중심 잃고 이리저리 폭설을 자꾸 흘려
너는 어찌 흔적 하나도 없이
아픔만 뿌리는 천하의 괘씸한 놈아

여기저기 울부짖는 인간의 소리 들어보라
지구촌에 산화한 저 수많은 생명을
어떻게 되돌려 놓으려고 저러나
내 그냥 두고 볼 수 없어
당장 흔적 없이 널 처단한다

홍례문弘禮門은

오백 년의 귀한 보물들이
그대로 멈추어져 있는 거대한 문아
옛날 지나가던 인걸은 다 어디 가고
화려했던 옛이야기만 간직한 채
큰 입 벌린 채 그렇게 웃고만 있나

옛 양반들은 영원히 살 것처럼
그토록 풍족을 누리며 지나갔는데
이제는 그 고풍은 보이지도 않아
이 좋은 세상 저 문하나 달랑 남겨 놓고
다 어찌 갔을까

세월아 지금은 잘 나간다고 웃지 마라
오백 년 후에는
너도 똑같은 소리 들을 것을
지금도 저 문을 지나가는 비밀이 얼마나 많을지
그도 언젠가는 목놓아 토설할 날이 오겠지

* 홍례문弘禮門 : 세종 8년(1426년) 집현전에서 예를 널리 편다는 뜻
　　　의 홍례문으로 창건됨

제3부

수평선은 내공 중

단비 오는 날

온종일 반가움이 토닥토닥
기다리던 단비가
꺼져가는 생명에게 젖을 물린다
촉촉해진 뭇 생명은
벌써 웃는 숨소리부터 다르다

아내는 삼시세끼 준비로
부엌의 그릇 소리로 정겹고
뱃속의 거지들은
가만히 앉아 그냥 받아먹기 미안한지
박자도 없는 헛노래로 자꾸 꾸르륵거린다

모처럼 단둘의 오붓한 이 시각에
남들 같이 도란도란
이야기 하나 없는 줄 아는지
비 맞는 긴 날개 난초는 마냥 춤추고
창문 때리는 빗물은 제 미끄럼에 신이 나 있다

물의 일생

젊잖게 앉아있는 깊은 물
긴 세월이 아무리 얼리고 데워
극한상황으로 변하여도
그 진실은 절대로 변하지 않아

입 악물고 조용히 견뎌온 내공길
언제는 구름으로 허공을 떠돌다
동족끼리 다시 만나는
새로운 역사의 길

산골짝이 아무리 비좁아도
그냥 부둥켜안고 구르면
온 세상이 겁을 내고 바라본다
우리는 언제나 꺼질 줄 모르는 생명의 원동력
큰 저수지에 다시 만나면
밤낮없이 푸른 옛이야기

물의 철학

물은 언제나 낮은 곳만 흐르는 철학
저기 떠 있는 작은 배 하나
풀 이파리까지
제 머리 위에 올려놔야 직성이 풀린다

작은 그릇에 삐뚤게 떠 올려놔도
저들끼리는 절대로 흩어지지 않고
언제나 한 몸이 되어
공평한 수평을 이뤄내는 평등의 원칙이라

그러고도
서로가 더 낮은 곳을 찾아든다
언제나 제 자신을 더욱 낮추려고
끝없이 노력하니
이 세상 그 누가 시기 질투할까

번개와 폭우는

어둠을 몰고 온 이 갑갑증
가슴이 곧 터져나갈 듯
천근만근 눌려오는 지금아
자꾸 지각 흔드는 뇌성 폭우가
오히려 속 시원해짐은 왜일까

하늘을 크게 내려쳐 길게 베는
저 번개 칼날은 지은 죄업을 쪼개고
지구촌이 터지도록 찢어대는 엄청난 굉음은
모두 죽일 듯 서두르는 공포 속
이래도 죄짓고 싶을까

한번 번쩍일 때마다 수천 개의 목이 달아나는지
저토록 강력하게 칼날을 휘두르니
발 묶여 꼼짝 못 하는 저 수목들은
아무 죄도 없는데
누가 잘 못했든 단체로 벌을 받는구나

봄비 환호

목이 다 타도록 그토록 기다리던
생명수 한 모금에
숨어 숨 쉬던 옛 꿈들이 막 터져
곳곳에 함성으로 피어나
온 산골짝이 메아리로 가득하다

봄날 긴 가뭄에 울다 지친 생명은
가지마다 푸른 새싹을 잔뜩 물고
고개 내민 너는
바람에 일렁여 춤추는 내 새끼들
봄이 널 보고 싶어 얼마나 애태웠는지 아는가

봄비에 속옷까지 젖은 저 풀벌레도
마냥 콧노래 부르는데
저 호수 바닥의 갈라진 얼굴은
아직도 아무런 표정 하나 없는데

빗줄기의 원한

뚜둑 뚜둑 비 망치질 소리
갑자기 쇠창살로 내리치는지
세찬 빗줄기는 닥치는 대로 파헤치니
금방 피눈물이 흥건하다

세상에 무슨 원한이라도 샀는지
높은 곳에서 핵 주먹으로
눈 꼭 감고 무조건 쳐 부수나
산야는 말없이 순종한 죄 밖에 없는데

희뿌연 허공에 가둔 것에 격분한 빗줄기는
자연을 어지럽히는 그 어떤 누구이든
절대로 용서할 수 없어
아무리 때려 부수어도
어찌 내 원한이 풀리지 않을까

성난 남강아

후려치던 태풍의 꼬리라도
힘이 얼마나 넘치든지
폭우는 적장 안고 죽으라 굴러가고
왜곡된 역사 소리를 들을 때마다
밤새껏 울부짖으며 아직도 몸부림쳐

멍울진 남강물은 흙탕물로 뒤집히니
멀쩡한 가로수가 뽑혀 나고
엎드린 잔디까지 낱낱이 파혜쳐져
조용히 살려던 수초는 다 어디로 가고
물오리 새끼는 어디에서 숨 쉬고 있을까

논개 빨래터에는
몹쓸 오물들을 모두 씻겨내고
옛 진실을 덩그러니 벗겨 놓았는데
저 선학산 고목은 울분을 삭이지 못했는지
아직도 고함 소리 장장하다

* 남강 : 경남 진주시 도심지를 가로지르는 강줄기, 시내 중심부에
　　　선학산이 있다

성미 급한 빗물

비 갠 후 상쾌해진 숲길에
센 빗물이 줄줄이 아래로 훑고 간 발자국
길가에 낙엽들을 곳곳에 밀쳐 놓고
어찌 제만 재빨리 달아났을까

허공에 뜬 잔소리
수풀에 쌓인 많은 먼지들을
모두 깨끗이 닦은 지금
온 세상을 모처럼 본 색깔로 환하게
모두 제자리로 돌려놓고는

그냥 지나간 저 빗물 자국은
사람만큼이나 성미가 급했던지
끌고 가다가 그만 힘에 부쳤는지
제 발자국만 겨우 남겼어

연못의 일상

강주연못 둑을 지켜온 고목은
언제부터 울창한 숲으로 서 있었나
아직 바람의 미동도 없는데
서둘러 저를 찾아온 뭇 생명에게
시원한 녹음을 토해 먼저 자릴 건넨다

청량한 녹향 아래에서 무심코 떠드는 사람들
한없이 재잘대는 산새들
언제나 귀에 익은 정겨운 일상
연잎에 앉아 사랑 찾는 두 물잠자리
이 모두 연못이 불러들인 행복의 수치다

길가 망초는 바람 없인
제 뜻대로 흔들어 보지도 못하고
숲 길을 기어 나온 잡초는
긴 폭염에 늘어진 채 목이 타고
오직 비 한 방울이 나의 생명이라

* 강주연못 : 경남 진주시 정촌면 예하리에 있는 연못으로 생태공원
　　　 으로 조성돼 있다

영천강에는

얼었던 강물이 세월에 녹으니
이제 막 겨울 꼬리 터는 잉어 떼
조용한 수면 위에
큰 파문을 열어놓고 따뜻한 봄을 부른다

긴 다리 왜가리 한 마리
살금살금 걷는데
겁 없는 물고기 곁에 와 물벼락을 치니
하얀 두루마기가 흠뻑 젖어 어쩌나
양반이라 함부로 야단도 못치네

징검다리에
애울살 물이 빠르게 흐르는데
아침 굶은 왜가리 늦은 점심도 굶고
저 피리 떼는 어쩌나 빠른지
그저 넋놓고 보고만 있다

* 영천강 : 진주시 문산읍을 가로지르는 강으로 고성군 영오면에서
　　　발원하여 남강으로 합류한다

오늘의 캡슐

세상은 온통 무거운 회색 속
하늘이 얼마나 우울했으면
물동이로 종일 퍼붓는 우중에도
잘 풀리지 않는지
모두가 꼼짝없이 오늘의 캡슐에
말없이 웅크리고 있다

우리의 활동을 모두 뺏어가고
생각도 그냥 오늘로 멈추어져 있어
현장이 아니면 더 나가지 못하는 일상
빗속에 꼭 가둔 채
그냥 오늘은 공짜로 늙어가네

꼼짝 않아도 배는 빨리 고파와
저 세월은 먹지 않는데도 그냥 잘 가
진작 이 세월 하나 가두지도 못하면서
언제나 약자에게만 힘써는 못난 졸장부
제 주름살 하나 없다고 모두 같은 줄로만 알아

장마 · 1

시작할 때는 한 두 방울이었다
캄캄한 저 하늘에서 때리는 세찬 비
막무가내 쇠꼬챙이로 내리긋고
인간의 하루 일상을 꽉 묶어놓은 채
음울한 표정으로 매섭게 눌리고 있다

길거리 붐비던 길손들은
다 어디로 숨어들었는지
나뭇가지는 부려질 듯 휘청거리다가
다시 일어나는 저 아픈 허리는
제대로 한번 펴보지도 못하고
이파리만 찢기는 애잔한 소리

저 먹구름은
온 대지를 며칠 후려쳐 놓고
잠시 숨고르기 하는지
빗물 가루 흩뿌리다가 다시 매섭게 이어가니
하루가 네놈의 눈치를 봐야 하는가

장마 · 2

온 세상 어둑하고 음침한 세상
상쾌한 새벽에서 저녁노을로
하루를 마무리 짓는 아름다운 일상은
다 어디로 가고 이러고 있는지
제 흔적 하나 남김이 없어
마냥 지루한 날만 계속 흩뿌리는 하늘아

그새 세찬 빗줄기로
그저 닥치는 대로
온 세상을 못살게 부수고 짓밟아도
그 누구도 말 못 하고 바라만 봐야 하는
자연 앞 그저 나약한 존재들

어두운 저 하늘에는
제 무거움을 다 쏟고도 물러나지 못해
가볍던 하늘에 무슨 죄업이 저토록 쌓였을까
넓고 짙푸른 창공은 어디에 있는지
오늘도 저토록 울고만 있는가

진양호 · 1

섬 산 굽은 숲길을 돌아가면
잔잔한 물결 위에
은 싸락 별빛이 반짝반짝 눈 부셔오고
지나는 발길마다 무리 지어 소곤대고 있다
호반은 오늘도 조용히 쉬고 싶은데

노독으로 뭉쳐진 이 삭신 하나
저 별빛에 쬐이면 새살이 돋아날까
청정 호수는 그냥 씻어라 하고
짙푸른 하늘은 속을 완전히 비워라 한다

저 잔잔한 물결이 청량 향으로 덮쳐오고
퇴색된 옛 생각이 서서히 밀려나니
더디어 진정한 내가 보인다
이렇게 깨끗해진 심신으로
저 은빛과 같이 뒹굴고 싶다

---

* 진양호 : 경남 진주시 판문동에 있는 다목적 인공호수로 덕천강과
　　　　남강을 모은 큰 호수로 낮은 양마산이 있다

진양호 · 2

나의 꿈은 단 두 가지
삼라만상이 건재하도록 지켜야 하는 것
검푸른 물결이 한없이 출렁대는
생동감 넘치는 내 고향
먼 남쪽 바다로 가는 것이다

가뭄이 오면
우는 생명 열심히 돌봐야 할 바쁜 몸
많은 폭우 져 세상이 위태로울 때
신속히 이 자리를 물러나야 하는
무거운 직책이라

대자연 속 깊은 청정 호수는
그저 잠시 머무는 조용한 한때일 뿐
항상 넓은 바다는 내 안에 있어
저 흐르는 세월만 할 일 없는지
그냥 내 발목을 붙잡고 있다

징검다리

큰 돌 하나둘이 한 줄로 길게 앉아
큼직하고 듬직해
언제든 믿고 건너가는 돌 징검다리
오직 외길만 고집하는
진정한 사랑의 길

큰 돌 사이로 맑은 냇물이 졸졸
센 물살 따라 피라미 뛰고
배고픈 왜가리 한 마리 종일 지켜보는 명당
어쩌다 키를 넘는 흙탕물이 사정없이 덮쳐와도
언제나 제자리에서 건재해

이 길은 옆길 하나 없는 온전한 인생길
누구나 출발하면 끝까지 건너가야만 하는 외길 사랑
다다를 때까지 제 등을 받쳐주는 배려에
우리의 안전한 인생길
당신이 있어 행복합니다

청정수의 비밀

고요한 거울 속에 숨 쉬는 청정수
한 모금에 거대한 우주도 놀란다
그 맛 향을 몰라
마시고 만져봐도 그냥 부드러울 뿐
아무것도 알 수 없는 얄미운 너

돌을 던지면 저 거울이 깨어져
잔잔한 파문이 일고
비친 내 얼굴이 저렇게 일 그려지니
나는 본시 저렇게 일렁이는 괴물이었나

아
창공보다 더 푸른 이 청정거울을
어찌 깬단 말인가
바람아 낙엽아 빗물아
이 보물을 언제까지
이렇게 고이 간직할 수 있을까

파도의 고민

먼바다 수평선 고개를 넘어가도
자신은 사라지고 없어도 언제나 그 고개뿐
옆으로 길게 그어놓은 매끈한 수평선에는
잔잔한 물결만 가물가물
하늘 바닥이 매끈하게 붙었는데도
조금도 젖지 않고 언제나 수면에 떠 있다

저 수평선 끝에는 무엇이 있길래
언제나 너울 파도만 밀어 보낼까
저 큰 파도도 바위 한번 치고는 산산조각 나
아무리 아파도 말 한마디 못 하고
거품만 물고 자지러진다

저 멀리서
여태껏 달려와 헉헉 거리다가
그냥 바위에 부닥치는 바람에
갖고 온 남극의 소식 하나도 생각나지 않아
제 물거품에게 묻는다

폭염은 철부지

새벽부터 후덥 지끈한 무더운 세상
습한 공기 허공에 가득 채워놓고
해 띄워 빨갛게 데워가는 찜통더위는
벌써 온 세상을 통째로 삶으려고 설쳐댄다

폭염에 방치된 세상아
해만 뜨면 울부짖는 생명은
이토록 뜨거워 못 견디겠으니
저 태양이 참으로 원망스러워
누구도 못 살겠다고 그만 파행하려는데
그래도 저 폭염은 눈 하나 까딱 안 해

그 흔한 소나기 한 줌도 없고
바람 한 점 없는 이런 미운 날이 어디 있나
인내의 한계선을 벌써 넘었는데도
도대체 폭염의 악명은 뭘 믿고 까부는 걸까
처서 지나면 네놈의 악명도 별수 없을 것

하얀 모성애

하얀 눈 고운 살결이 살며시 내린 날
온 세상은 한없이 맑고 포근하다
아늑한 어머님 품속에서
새하얀 솜털은 바람결에 포근하고
세상의 수많은 죄업들을 모두 묻어둔 채
그저 오늘로써 맑은 정신으로 즐기란다

저 창공이 한없이 높고 짙푸른 것은
그냥 순하게 살았기 때문이요
지은 죄가 없는
오직 푸른 생명이라
그 어떤 불의와의 타협 없는 세상

무지한 인간이 저지른 검은 죄업들은
허공에 흩뿌려져
희뿌연 회색으로 가득 차오를 때마다
침침한 눈 자꾸 비벼도 알지 못하는 인간아
하얀 모성애만 자꾸 수북이 쌓인다

한 푸는 소나기

어둑한 한낮
갑갑증에 몸부림치는 지구야
천근만근 억눌려오는 무거운 중압에
곧 터져나갈 듯

갑자기 번쩍번쩍
칼로 하늘을 쪼개는 단호한 칼날 빛
어둠 속 용광로에 튀겨지는 쇳물의 분노로
지구가 폭발하면 하늘도 그냥 무너질 것

막 무섭게 집중 퍼붓는 폭우의 급한 성미
오랜 시간 열받은 세상을 직시하는지
그간 폭염의 못된 행적을 발뺌 못하게
목을 억눌러 지구 밖으로 내친다

해저 속에는

깊은 바닷물 속에
깜깜이 잠긴 수많은 죄업들
모두 덮인 채 아무 일도 없는 듯
날마다 오가는 배만 즐거운 항해 길을 터
갈매기도 춤추어 노래까지 실어 보낸다

인간이 지은 죄가 얼마나 많길래
바다에 버려진 죄업들
보이지 않는 수중 깊은 골짝 어느 곳에도
풀리지 않는 숙제가 응어리져 있을 것

그 옛날 미개지를 약탈한
그놈들만이 알고 있을 것
바깥세상이 보고 싶어도
제 넋으로도 못 나오고
저 수중 어느 곳에서 울고 있을지
저 큰 바다는 모두 덮어놓고 그저 조용하다

제4부

먹거리의 탄생은

가뭄아 · 1

가뭄아 미세먼지 그만 날려라
숨 쉬는 생명은 어쩌란 말인가
옷에 앉은 뿌연 먼지는 털지도 못하고
이제는 칼칼한 목소리도 안 나와
저 희미한 허공은 바라보기도 싫다

길가에 불거져 나온 나무뿌리야
메마른 땅 꼭 부둥켜안고
이리저리 물길 찾아 자꾸 어디로 기어가나
땅속에서도 얼마나 가물었는지
밖에까지 뛰쳐나왔는가

저기 바짓가랑이 터는 길손아
그 흙먼지 털지 마라
그것도 그냥 네가 마시게 되는 것을
허공에 방황하는 저 미세먼지도
모두 제 스스로 지은 죄가 아니니
온 세상은 가뭄을 둘러 쓴 큰 괴물만 사는가

가뭄아 · 2

저 산비둘기
긴 가뭄에 목이 얼마나 탔던지
도저히 못 참고
이산 저산 쉰 목소리조차도
내지 못하고 물 찾아 헉헉 댄다

언제나 여유롭게 울던 저 뻐꾸기도
울지 못해 하늘 한번 땅 한번
그 온화하던 우주공간도 깡말라
목이 따가워 말도 안 된다
가뭄아 언제까지 이런 공포로 윽박지를래

지구촌 어디를 가나
못 견뎌 우는 아우성뿐
이글거리는 저 태양을 아무리 원망해도
해결책이 없을까
땅속 깊이 내려간 생명수야
이제는 네 발길을 되돌릴 수 없겠나

개고사리의 연륜

온 세상은 강추위에 떨고
깔린 낙엽도 떠나간 음달의 외진 바위틈에
뻣뻣하게 얼어붙은 어린 개고사리야
무슨 죄업이 그토록 많아 이런 고생일까

누구든 피하려는 이 혹한을
제 스스로 짊어져야 한다는 저 외고집
온 세상의 업보가 모두 내 죄라고
이 길은 아무리 난세의 길이라 해도
해업의 길이라면 얼마든지 달게 받겠다니

오직 질긴 생명줄 하나로
버텨온 착한 심성에
지나간 세월만큼이나 성숙한 연륜으로 남아
나도 모르게 지구상의
가장 오래된 큰어른이라네

* 개고사리 : 양치식물 개고사리속 개고사리과의 여러해살이풀

공룡의 고민

세상에서 가장 큰 동물 대식가
지구촌의 아름다움에
행복을 누리는 터줏대감의 요람터에서
언젠가부터 식구가 자꾸 늘어나
먹거리 부족하니 이걸 어떡해

그 큰 덩치로 기우뚱 걸어 다니니
땅이 푹푹 꺼지고 무른 대지에는
그냥 자빠지는 사고 잦아
지구도 못 견디겠는지 한쪽으로 기울어져 가
찍힌 발자국마다 삶의 애환이 서린다

바닷가 먹이 찾아 이리저리 헤맬 때
무거운 사냥술로 상처만 남아
힘에 부쳐 굶는 날이 더 많으니
얄미운 파도만
묵은 자갈 굴러 밤새도록 갖고 논다

나리꽃의 유혹 · 1

타오르는 연분홍 살결
앳된 얼굴로 햇빛이 간지러워
쉽게 웃지도 못하더니
조금씩 세상을 익혀 나간다

한껏 달아오른 환한 얼굴
혹여 은밀한 곳을 들킬까 봐
짧은 수염 길게 가리고 서서
그냥 나팔 크게 불어 비밀을 숨긴다

벌 나비가 가까이하려도
바람이 자꾸 흔들어대니
하도 어지러워서 뱅뱅 돌고 있는데
제도 모르게 큰 나팔 속으로 쏙 빨려든다

* 나리꽃 : 백합과의 여러해살이풀

나리꽃의 유혹 · 2

연분홍의 꿈이 곧 터질 듯
조용히 굳게 오므린 꽃 봉오리
온 세상이 갑갑하게 숨 막혀오고
서서히 고개 들어 하늘 한 번 땅 한 번

겨우내 순색만을 모으려고
얼마나 찾아 헤매었던가
먼동이 훤하게 타오를 때
깜짝 놀라 눈 크게 떠
저 황홀한 색을 마신다

이제야 바람 부는 소리 들려오고
온 세상을 요리조리 흔들어 본다
나는 아직 누구를 유혹해야 하는지
곁에 온 벌 나비도 몰라보고
나 혼자 춤추어 웃고 있었네

노동의 진실

농사일 태산 같은데 종일토록 근심이 내린다
오늘은 꼼짝없이 갇힌 신세
농사는 시기 사업이라
제때 심어 가꾸지 않으면 가을은 없다

저 흙탕물에 떠내려가는 내 살점들이
애처롭게 자꾸 나를 쳐다본다
농부는 일만 아는 일벌레일 뿐
조금도 쉴 줄 모르는 천하의 바보
걱정하는 저 손가락질이 농심을 찌른다

잠시 일 걱정하는 사이에
누적된 노독이 한꺼번에 몰려들고
멀쩡하던 그 농심의 기개는 어디 가고
제도 모르게 그만 스르르 꿀잠에 빠진다
이 순간은 농부만 맛보는 기막힌 피곤의 맛
누가 천금을 준다 해도 이 맛은 바꿀 수 없어

딸기꽃의 비밀

하얀 꽃잎을 입에 문 송이송이
붉은 햇살에 살며시 눈을 뜨는데
아침 이슬 맺혀 영롱한 옥구슬로 송골송골
붉게 달아오른 생명 줄줄이 매달린다

꽃 속의 노란 촉수가 모여 소곤소곤
수북이 무장한 예술
주렁주렁 붉은 별로 저 우주에 띄우고 싶어
하얀 꽃잎 날개깃으로
온종일 춤추어 벌나비 부른다

언제나 사춘기의 가슴은 빨갛게 달아오르고
부끄러워 제 손바닥으로 살짝 가린 채
붉게 웃고 있으니
벌써 온 세상이 빨갛게 익어간다

* 딸기 : 쌍떡잎식물 갈래꽃류 장미목 장미과의 여러해살이풀

딸기의 눈물

별빛이 빨갛게 피어오른 저 보물들
엄마는 어디 가고
작은 가슴이 자꾸 아리어 오는데
나도 모르게 자꾸 커감에 겁이 난다

손대면 그냥 톡 터지려나
이슬이 내리면 그냥 녹을까
그윽한 진한 향은 온 누리에 가득해
밤새껏 내님을 찾아본다

코끝을 간지러는 특유의 향으로
온 세상에 널리 퍼져 가건만
진작 내 사랑은 어디에 있는지도 몰라
언제나 하얀 속 살만 빨갛게 타 들어간다

* 딸기 : 쌍떡잎식물 갈래꽃류 장미목 장미과의 여러해살이풀

뜨거운 단비

오랜 가뭄에 목이 얼마나 탔을까
저수지마다 갈라진 틈 혓바닥
폭염이 쏟아지니 자꾸 가뭄만 흩날려
푸른 물 가득 담아 출렁이던 큰 그릇인데

한낮의 뙤약볕 세상
길가마다 힘없이 늘어진 수풀들은
밤이슬에 겨우 눈 한번 떠보는
이것도 큰 다행이라고
매일 밤을 기다리는 일상

거짓말 같은 단비라도 좋다
아무리 싱겁게 내린다 해도
목숨이 오가는 처지에
가만히 앉아서 기다릴 순 없어
저 멀건 창공이라도 실컷 마셔야 해

갑자기 어디서 하나 둘 또닥또닥 소리나
그래도 단비의 여신은 살아 있었어
놀란 가슴으로 허리를 펴는데
그토록 빨갛게 달구던 하늘에서
막 뜨거운 눈물을 쏟는다

망태버섯 · 1

얼기설기 얽은 황금 치마로
제 비밀만 살짝 가린 채
다소곳이 둘러앉은 저 여인네들
바닥에 길게 펼친 망태버섯 치마로
언제까지 오줌만 누고 있을 것인지

어쩌다가 숨기지 못한 제 비밀을
그냥 눈 딱 감고 지나쳐 주길 바랐는데
어쩐지 비 온 뒤가 더욱 아름다워
모두 제 열 손가락 가린 채 다 보고 있다

하도 말 많은 세상에
몰래 훔쳐본 죄인이 되어
그냥 꼼짝 못 하고
이런 사실이 남에게 들킬 것 같아
언제까지 저 광경을 지켜봐야 하나

* 망태버섯 : 담자균류 말뚝버섯과로 망태처럼 얽혀있어 붙여진 이름

망태버섯 · 2

얼기설기
이슬로 곱게 짜 입은 둥근 치마
황금색이 빛나는 멋진 망사 울타리
얼마나 중요한 비밀을 숨겼길래
꼭 황금색으로 감추어야만 할까

깊은 숲 속에서만 귀히 만날 수 있는
가장 고운 자태라
저토록 여유 있는 품성이 배여나
누구도 감히 비교도 안될 요염을 토하고 있다

어쩌다 몰래 훔쳐본 죄인이 되어
이제는 도망도 못 치고
그냥 꼼짝 못 하는 목석이 됐어
차라리 들켜서라도
저 부드러운 황금손이나 한번 잡아 봤으면

민들레의 향연

겨우내 침묵하던 언 땅속에서
긴 어두움을 털고 나온 민들레
하얗게 부풀려진 털모자 눌려 쓰고
보는 이 아무도 없는데도 마냥 수줍어한다

봄비가 마음까지 녹이니
부풀어 오른 온몸이 간지러워
그냥 가만히 있질 못하고
가슴이 아려와 곧 터질 듯
갑갑함에 발광이 나네

훈풍 입김을 맡을 때마다
민들레의 흰머리털은 내공된 예술이라
살짝 부는 입김에도 붕붕 떠 가는 작은 낙하산
황량한 공간에 가득 심어 띄워놓은 환상

* 민들레 : 쌍떡잎식물 초롱꽃목 국화과의 여러해살이풀

백련白蓮의 내공

평생 진흙탕에서
무한한 세파 잘 견뎌온 백연은
얼마나 무거운 고뇌에 시달렸을까
정토선淨土禪 일념으로
끈질기게 닦아온 순백의 꿈이 드디어 피어난다

얇고 하얀 면사포 곱게 펴
힘없는 무풍에도 흔들리는 꽃이파리
하늘 향해 하얗게 살랑살랑 웃을 때
새벽 천사의 날갯짓이 더욱 아름다워라

오래전부터 먹물 먹고 자란 몸
흙탕물 속에서 어떻게 새하얀 꽃잎이 나올까
바람아 불지 마라
이 고운 하얀 비단에 먹물 토할까 겁이 나

* 백련 : 흰빛깔의 연꽃

병꽃의 넋

저 멀리서
은은히 피어나는 보라색 아지랑이
속 깊게 우려 나오는 생명선율로
우리 어머님 속저고리 입고 나왔네

태곳적 순수성을 안고 태어나
아침 이슬 머금은 저 부드러운 자태는
사랑 먹고 튼튼히 영근 어머님의 심장
언제나 청순함을 잃지 않아

소리 없는 긴 나발대로
오염 없는 세상만을 그려가며
오늘도 청정한 목소리로 긴 나팔 불어
어느새 하나둘씩
아련한 오색으로 곱게 피어난다

* 병꽃 : 쌍떡잎식물 통꽃류 꼭두서니목 인동과 낙엽활엽관목
    원산지는 한국.

붉은 농심은

초년생 영농 현장이라
아무것도 모르는 답답한 영농길
몰라서 무엇하나 물어볼 것 없는 의욕의 길
딸기만 심어놓고 애喝가 다 타
저 자라고 있는 것이 걱정인지 딸기인지

전문가의 세밀한 지식이 스치는 순간
작물의 표정을 금방 알아내고
웃고 있는 새하얀 꽃잎을 쓰다듬는다
농심은 아무리 살펴봐도
네 웃는 것 외엔 아무것도 알 수 없어

걱정하는 새
붉은 가슴이 자꾸 부풀어 오르는데
혹여 잘 못되지나 않을까 겁 많은 농심은
한시도 마음 놓을 수 없어
볼수록 빨갛게 타 오른다

산딸나무의 멋

녹색 옷 속의 새하얀 옷 칼라는
언제 봐도 맑고 깔끔한
꿈 많은 여고생의 교복 차림이라
흰 목둘레 날렵한 꼭지 점 매력에
눈이 자주 가

훈풍 불어 출렁여도
언제나 옷맵시 하나는 그대로 단정해
저토록 고운 자태는
옛 어머님이 가르치신 현모양처의 길이라
꿋꿋이 지켜가야 할 철학이었을 것

지성이 넘쳐나는
하얀 목둘레의 매끈한 멋은
한민족의 아름다움이 배어 있고
바람에 일렁일 때마다
우리 어머님의 숨소리 난다

* 산딸나무 : 층층나무과의 낙엽 소교목
          (열매가 딸기를 닮아서 붙여진 이름)

외고집 소나무

창공에 양팔 크게 벌린 채
솔잎 뭉치 불끈 거머쥐고
제도 송곳 잎인 줄도 모르고
바람에게 크게 흔들어 자랑한다

스쳐가는 저 바람 갑자기 왜 저래
찢어져 울어도 아무 말도 못 하고
종일 목이 쉬도록 솔 휘파람만 불어와
언제나 한 곡조뿐이라도

언제나 그 자리 그 소리로 꼿꼿해
바람이 아무리 세차게 흔들어도
창공이 한아름 꼭 껴안고
높은 산이 받쳐 들고 있으니
저 외고집 하나는 알아줘야 돼

자란紫蘭의 꿈

지리산 깊은 계곡
폭포수 떨어지는 웅장한 바위틈에
하얀 물비늘 둘려 쓴 고운 자란은
언제나 득도하는 중생이라

위엄으로 크게 꾸짖는 폭포 물소리에
저 웅장한 바위도
우거진 큰 고목도
모두 자세를 낮추어
진정한 독경 소리 듣는다

무아지경 영의 세계에 몰입했나
깨닫는 만큼 더욱 꿋꿋해지는 긴 자태
강풍에 꺾일지언정
절대 굴하지 않겠다는 자란의 기상은
오늘도 저 높은 하늘을 뚫는다

* 자란 : 외떡잎식물 난초 목 난초과의 여러해살이풀
        (일명 백 급, 주란, 개암풀)

지구촌의 농심

지구촌 반대편에
영농기술로 앞선 나라 네덜란드는
악조건 환경에서 스스로 익혀낸 자연기술이라
기어코 숙지하려 밤낮으로 달려간 긴 비행길
아무리 지치게 해도 좋다

작물을 키워온 짧은 역사 속에서
어떻게 잘 찾아냈을까
작물만이 좋아하는 맞춤 환경을
언제나 새로움에 도전은 끝이 없어
인간의 최고 먹거리 생산이 본심인 것

땅속에서 솟아나는 작은 기운 받아
흐린 햇볕에도 잘 익혀내는 지혜로움은
대 자연이 가르치는 순리대로 잘 익혀내
결국 진실을 영글게 하는 큰 안목眼目이
우리를 더욱 놀라게 해
동서양 인간의 식성이 아무리 다르다 해도
우주는 하나다

진정한 매미 소리

하필 장마철에 태어나
통쾌한 제 목소리 한번 못 내고
가슴이 부풀 대로 부풀어 올라 곧 터질 듯
우울로 꾹 눌러야만 하는 이 갑갑증

긴 장마가 날개를 적셔
떨리는 소리 하나 못 내네
오죽하면 한恨으로 남아야 하나
7년간 갈고닦아온 내 목소리
그렇게 멋지진 아니해도
구성진 목소리 하나만은 자신 있어

장마야 폭우야 잠시만이라도 그쳐 다오
이 날개가 가볍게 떨릴 수 있도록
꿈속까지 깊이 우려 나오는
내 진정한 목소리를
온 세상에 모두 토하고 싶어

추위에 속아도

매서운 한파 속에서도
그저 곱게 피어나는 얼굴이라
사람들은 언제나 언 손 녹여 가며
우리 보고는 예쁘다고 자주 쓰다듬는다

바깥은 혹한인데도
이토록 따뜻한 날만 계속 이어지다니
우리가 사는 이 세상이 분명한데
어찌 세상 밖은 저렇게 혹한으로 다를까
그냥 왔다 가는 사람이 무탈하니 참으로 이상해

얇은 비닐 한 장 차이로
안팎의 세상이 전혀 다르게 공존하니
이런 현실 앞에서
도저히 이해할 수 없어
세월아 지금이 봄날이면 그냥 꽃피는 게 맞지

칡덩굴의 집념

해동임을 먼저 알아보고
눈을 틔워 무조건 달려가야만 해
늦을수록 넓은 자리 다 빼앗긴다고
덩굴들은 봄을 서로 쟁취하려 해

키 큰 나무를 발판 삼아
하늘 올라갈 당찬 꿈으로
닥치는 대로 기어오르는 습성에
기대어 선 나무 바위는 그저 죽을 쌍이다

그래도
줄기는 공중을 향해 온몸을 틀어 감고
어떤 자세이든지
공간을 그냥 뛰어넘어 가는 재주로
무조건 달려가려는
허공의 질주를 누가 막을 수 있을까

* 칡 : 쌍떡잎식물 장미목 콩과의 낙엽 덩굴성 목본

제5부

허공에 부는 바람은

가을 등산로

숲 속에 잘 익은 가을 향기
배부른 풀벌레 우는 소리가 더없이 정겹다
저무는 햇살에 빛나는 나뭇잎마다
제 모습 그대로 그림자 그리기 바쁜 한낮

풀숲에 일찍 떨어진 나엽은
검게 탄 세월을 미리 알리고
이리저리 기어가는 나무뿌리는
제 등뼈가 아무리 찢기고 벗겨져도
이 지구만은 꼭 보듬을 것이라 한다

어디서 선선한 바람이 불어오고
잘 피워낸 이름 없는 저 풀꽃 하나는
누가 보든 말든 마냥 혼자 웃고 있어
날 건드리지 마세요

가을 소식 · 1

오랜 세월을 녹여 드러누운
저 늙은 등걸은
복잡한 옛이야기 다 잊었는지
이제는 무아지경인가

어느새 서늘한 창공이 내려와
발악하는 늦여름을 식히고 있다
나뭇가지 부지런히 넘나드는
저 새들도 흐르는 세월이 빨랐던지
갑자기 가을 채비하기 바쁘고

나무마다 제 이파리 물들이려고
가을바람이 곁에 와 자꾸 흔들어 부추긴다
서서히 붉게 달아오르는 산야마다
나는 저 산새들의 날개도 점점 붉어간다

가을 소식 · 2

녹음을 한껏 뿜던 저 숲 속에도
어느새 서늘한 바람이 일어
그만 깜짝 놀란 이파리들은
제 속살 뒤집어가며
덜 익은 이파리 빨리 익히기 바쁘다

저 울창한 녹음은
악명 높은 폭염을 다 녹여내는 열정에
세월 가는 줄도 몰랐는데
가을 붉은 바람이 덮쳐와
짙은 숲을 서서히 붉게 데워간다

가마솥 폭염으로 제 아무리 볶는다 해도
그도 머물다 갈 한갓 나그네인 것을
폭염이 만들어낸 이 붉은 환상
제 스스로 만들어 놓고 그냥 떠나기 싫어
무풍에 서서 스스로 못 간다고 버틴다

가을의 대화

단풍은 따가운 가을빛에 그을려
저토록 붉게 타오르고
하늘도 오색 빛 열심히 데워
황홀한 저녁노을에 밥을 짓는다

짙푸른 창공아
네 속이 진하다고 너무 자랑하지 마라
저 넓은 바다도
저토록 짙푸른 색이 한없이 넘실거려도
너는 늙어 갈 주름살 하나 없어

세상에 어느 누구든 더 잘 난 것은 없어
사바세계는 모두 다 조화로운 것
저 노을은 수면에 닿아 있어도 젖지 않고
높은 파도에도 꺼지지 않아

겨울 빗줄기는

죽으라 퍼붓는
겨울 장대 빗줄기야
무슨 애환이 있어
살이 에이도록 차가운 피눈물을 쏟고 있나

우울이 누적되어 온 저 하늘도
기약 없는 불안의 연속인가
희뿌연 허공도 눈 못 뜨면서
겁먹은 세월을 붙들고 하소연한다

이 아픈 코로나의 기운도 한때뿐인 것을
이 세찬 겨울비가
세상에 수많은 죄업들을
모두 쓸어가는 평화의 사신

겨울 오는 소리

낙엽 지는 소리 난다고
까마귀야 자꾸 울지 마라
세월이 떨구어 놓고 딴짓하는 것이니
네 탓이 아니다

붉은 열매 다 떨어졌다고
산새야 슬퍼하지 마라
먹을 것은 당연히 없어지는 것
저 겨울이 모르도록
곳곳에 숨겨 놓고 태연히 웃어보라

찬바람아 세차게 불지 마라
이파리 다 떨군 앙상한 나뭇가지
손이 시려 저토록 비비는 소리 불쌍해
더는 못 듣고 있겠어
저 겨울은 제 혼자만 좋아하도록
그냥 내버려 두라

겨울 찬비는

겨울 빗 속을 묵묵히 걷는 사람아
무엇이 그토록 무겁게 하길래
차가운 빗속도 마다하지 않는가
길가의 잡초들도 모두 숨어들고
웃음 잃는 황량한 길가에서

혼란이 난무한 세상에
잊어버린 옛 생각을 더듬어 본다
이 찬비에 정신이 들면
희미한 숨소리라도 들릴 것 같아

착잡한 이 대지도 흐르는 눈물뿐
그새 내 우울도 따라 운다
너나 나나 쏟아지는 저 차가운 빗물에
잊었던 옛 추억은 어디에도 없고
그냥 내 기억에만 집중하련다

꽃비 내리는 날

하나둘 떨어지는 꽃 이파리
길가 수풀에 차곡차곡 쌓이니
한가로운 꽃이야기로 다시 피어나네
언제 어디서나 잘 웃는 꽃잎아

창공이 가득 끌어안을 때
청량한 이 기분을
우리 말고 또 누가 알까
저 하늘도 우리같이 날아본 적 없는데
이 세상은 모두 우리의 것이라

한 닢 두 닢 흩날리는 꽃비는
길손들 제 머리로 받아 이고
그냥 좋아라 어린아이가 되어
양팔 벌려 가슴 가득 채운다
이 꽃비 그치고 나면 언제 또 맞아 볼 것인가

꽃비 비상飛上

인고 끝에 태어난 수많은 꽃송이
한꺼번에 웃는 요란한 함성
고운 빛 아련한 깃털로
봄 가루를 온 세상에 펄럭인다

꿈 실은 꽃잎들이 창공을 꽉 매우니
그새 푸름이 하얀 꽃에 묻혀
맑은 하늘 조각 하나 빈틈이 없네
삼라만상의 눈들이 한 곳으로 모이는 날
온 세상은 환상으로 들뜬다

바람아 불지 마라
저절로 춤추어 날아가는 저 꽃비
세상을 다시 황홀함에 놀라게 해
잔잔한 꽃이파리 발길에 쌓이니
이제는 밟을 수도 없어 마냥 서 있네

꽃이 웃는 이유

침묵으로 내공하던 동토 속
도저히 알 수 없는 언 땅속에서
갑자기 훈풍 소식에
귀한 꽃들이 막 솟아나고 있어
어떻게 저런 예쁜 꽃들이 숨어 있었을까

연일 웃고 있는 소리에
동장군도 더 이상 버티지 못하고
제 자리를 미련 없이 내어주어
무조건 사라지는 저 깔끔한 자세가 맘에 든다

꿈 많은 웃음 속에서
그간의 온갖 고통들이 한꺼번에 사라지고
이제는 당당한 봄의 전령으로서
온 세상을 가장 먼저 밝힌다

낙엽은 낭만 소리

무심코 내딛는 걸음마다
내 발밑에서 바사삭
마른 몸 부서져 자지러지는 소리
옛 청춘의 흔적이 으스러지고 있어
사람들은 낭만의 소리 난다네

뜨거운 뙤약볕에 그을린 고통의 멍울이
메마른 채 쭈글진 몰골되어
세월에 녹아진 역사의 흔적만큼이나
이리저리 자유롭게 굴러가도
어디서나 낭만의 소리 들린다니

가을은 아름다운 낭만의 계절이라고
인간이 지어 놓고 저들끼리만 즐겨
우리는 아무렇게나 굴러다니는데도
가는 곳마다 그저 낭만 이야기뿐

미세먼지에 속아

희뿌연 하늘에는
해가 보이지 않아 구름도 늦잠이라
저 해는 처음부터 눈도 뜨지 못해
앞이 안 뵈니 세상이 어두워라

언제나 눈부셔 온 햇볕인데
제 앞이 보이지 않다니
천하의 무적이 의심스러워
가다가 나뭇가지에 목이 걸려 바둥거리니
이런 불상사가 어디있나

강력한 눈 빛 한 번으로
톡 쏘아보지도 못하는 저 자존심은 어떨까
도대체 저 미세먼지가 얼마나 강하길래
저 놈은 허공을 다 집어 먹고도
아직 제 배가 차지 않는다니

봄비 사랑은

봄비에 춤추는 나뭇가지
새싹 달고 저렇게도 신이 날까
저렇게 출렁일 때마다
가지에 묻은 빗물은 다 떨어져 가

진기지미다 새싹 틔운다고
하늘 한 번 볼 새도 없이
오직 새눈 탄생에만 급급해
저 앙상한 가지에 봄 눈이 터도 모른다

온 산야에 푸른 옷 걸치는 날
하늘 높이 춤출 것을 생각하니
제 피곤함도 잊고서
봄비는 이제 막 뜬 눈마다 입 맞추기 바쁘다

봄비는

저 새들은 무엇이 좋아
저토록 신이 날까
아직 찬비에 날개가 다 젖어
무거울 텐데도 휘젓고 날아다녀
목이 다 탄 대지는
이제야 가뭄 긴장을 스르르 푼다

시간이 갈수록 춘풍의 소리는 더 웅장해지고
바닥을 때리는 빗소리 점점 크게 들리니
그새 꼬리 내린 봄 가뭄은 흔적 없이 사라지고
땅도 우는지 눈물이 고인다

겨울 혹한에 그을려 새까매진 나무야
그 누더기옷 벗지 못해 얼마나 기다렸나
온몸 크게 흔들어 봄비에 씻으니
떠나는 동장군이 자꾸 뒤를 돌아본다

비 소식에

훈풍 소식에 세상이 따뜻해지자
선학산의 무거운 먹구름은
더 날아가지도 못하고
그만 제자리에 다 쏟을 기세다

떠들던 산새들 갑자기 조용해지고
마른 낙엽 비 맞는 소리에
고라니 겁이 나 그냥 달아나고
힘찬 봄바람은 마른 나뭇가지
죽어라 흔들어 댄다

남강에 놀던 물까마귀떼
저들끼리 무슨 소리로 시끄럽더니
그새 어디로 달아나고
텅 빈 수면에다가
크고 작은 동그라미만 수없이 그리고 있다

* 선학산: 경남 진주시 옥봉동 상대동에 있는 산(해발 135m),
　　　 그 아래 남강이 흐른다

빗물의 교훈

큰 창문에 그냥 미끄러지는 저 빗물은
얼마나 원한怨恨이 많았으면
폭포수로 줄줄 흘려내려
그토록 굵은 하늘 눈물로 쏟고 있나

먹구름이 뿌연 허공을 누르고
산야의 수풀을 달래어 보건만
시작된 울분은 그칠 줄을 모르고
몸부림치며 저토록 눈물짓고 있어

미세먼지 세상이라
이렇게 무거워진 죄인인 줄도 모르고
큰 업보를 안고 있었으니
어찌 울지 않고 견딜 수 있었을까
다 쏟고 나니 이렇게 가벼운 것을

산신 생각

가을을 가득 머금은 산야山野
창공에 가을꽃이 휘날리는 환상
돌아오지도 않을 이 아름다운 공간을
허공에 무작정 흩뿌려 가는가

날마다 분에 넘치도록
즐기다가 가진 것 다 소진하면
결국 황량한 모습만 남을 것
아무리 넘쳐나도 그때뿐일 것이니
조금 남겼다 해도 저 세월이 모두 쓸어갈 것

뿌려라 있는 것 모두 다 뿌려
지금 즐거운 것만큼 벅차오를 것
이 환상을 저 세월이
낚아채기 전에 이 가슴에 모두 담으리라

상록수의 꿈

겨울이 오면 더 멋진 상록수
잡목 속에 내민 이 작은 얼굴도
추울 땐 두꺼운 녹색 옷 빛나고
눈 감고 점잖게 서 있으면
찬바람이 곁에 와 살살 흔들어 본다

햇볕이 아니면 눈도 뜨지 않는데
바람아 헛수고 그만하고
저리 썩 물러가라
내 작아도 상록수 기질이 있는데

꽁꽁 언 발 녹여가며
겨울에도 커야 해
찬가운 바람 부지런히 쏘여야
여름 숲 속에서 요긴하게 쓸 것을
윽박만 지르는 네가 어찌 알아듣겠나

이파리의 미련

메마른 나뭇가지에
말라 쭈굴진 이파리 하나
무슨 미련 있어 떨어지지도 못하고
겨우내 찬바람에 애처로이 떨고 있나

누구나 한 세상 잘 살다가 가는 것은
모두가 바라는 희망인데
버릴 때 못 버리면 업보로 남아
이젠 때 놓쳐서 받아주지도 않는다니

맨날 동장군한테 혹독한 매만 맞고
사지 떨어 저렇게 울고만 있어야 할 텐가
누구나 미련은 또 다른 근심을 낳는 것
돋아나는 새 봄에게 무어라 이야기할래

자연의 소리는

녹색 향 머금은 숲 속에는
지나는 길손들의 발자국만
이리저리 흩어져
저들끼리 울고 있어도
어느 누구 하나 찾아가질 않는 인심 세상

저 울창한 숲 속
하늘을 못다 가린 저 공간에는
강한 햇볕이 발아래로 줄타기하는 곳
가까운 생명이 탑승하여
귀한 햇살 나눠마셔 배부르다니

언제나 조용한 숲 속의 질서는
자연이 가르쳐온 아름다운 철학이라
저 세월도 한가하면 낮잠이나 자고 가련만
사람들만 제도 모르게 백발에 주름살만
자꾸 그려가네

폭염도 몰라

이제 폭염도 지쳤는지
한 계절이 떠나가는데도 멍해 있어
어디서 갑자기 얼굴이 서늘해짐에 깜짝 놀라
제도 모르게 폭우로 울어 댄다

세월은 한순간에
그저 천릿길을 달아나고 있는데
스쳐가는 이 가을에 동승하지 못하면
영원히 놓치는 것 아닌가

저 폭염이 얼마나 난폭했으면
제도 세월감을 모르고
유독 뭇 생명한테만 독하게 굴었어
그 명성에 어찌 졸장부를 면할 수 있나

제6부

대자연의 나이는

가을 숲길에는

숲 속 건강 찾는 사람들
여름 내내 청량 기운 마셔
쌓인 노독을 씻어내고
이제는 가을 정신이 숲길을 걸어 다닌다

나뭇가지 잘 타는 저 청설모는
먹이 한껏 물고 가다가 그만 놓쳐
얼마나 아까운지 자꾸 속상한 소리 뱉어
혹 날 보고 원망하는 것 같아
양심껏 걸어가는데 괜히 미안하네

어두운 숲 길에
강하게 뻗치는 저 외 줄기 햇살은
가냘픈 이파리에 앉아도 떨어지지 않고
꼬불꼬불 굽은 산길마다 오색 춤바람에
왠지 저 나그네 헛발질이 잦다

공부하는 국사봉

철 따라 웃는 의젓한 국사봉은
언제나 지성의 향이 난다
오래도록 후학 가르쳐온 진리의 전당
오늘도 옛 선비의 눈초리가 매서워

비구름이 몰려와 많은 생명 목축여 놓고
온산야 열심히 쓸어 빛나는 얼굴
바람 불어 마무리 못한 채 막 떠나가는데
훈장님 눈매가 날카로워진다

자욱한 구름 모두 걷히니
새롭게 단장된 훤칠한 모습
벌써부터 의젓한 선비의 위용인가
계곡에서 물 흐르는 소리가
옛 선비 글 읽는 소리 나

* 월아산 : 경남 진주시 금산면과 진성면에 두 봉우리가 있는데 장군
    봉(482m) 국사봉(471m)으로 그 가운데 질매재가 있다

나무뿌리의 공로

길게 늘어진 오솔길에
이리저리 엉켜진 나무뿌리들
계절이 수없이 밟고 지나갔어도
벗겨진 상처만 멍울져
언제나 표정 하나 없는 무덤덤한 표정

봄에는 새 생명수 올려 맑은 눈 틔우고
한 더위 오는 날엔
허덕이는 뭇 생명에게는
녹음 향 가득 뿌려 편안하게 하고
데워진 지구촌 열기 식혀가

한겨울 맹추위가 엄습하는 날엔
약한 햇볕 모두 긁어모아
발을 따뜻이 데워 추위를 털어내는
언제나 조용히 제 소임 다하는 숨은 공로자

녹음의 멋 · 1

숨은 듯 알 수 없는 청량한 녹음은
존귀한 생명의 보고寶庫
거대한 지구를 둘러싸고
언제나 뭇 생명 보호하는 신선한 모성애

깊은 숲 속에서
가만히 있어도 절로 맑아 오는 영혼
바쁘게 흐르는 세월 속에서도
세월이 그냥 멈춰진 채 치유되는 자궁 속
저 새도 얼마나 즐거운지 가만있지 못해

죄업 많은 자에게도
아파 우는 자에게도
그 어떤 누구에게도 꿈을 한껏 베푸니
신선한 생명력에
더욱 힘을 얻습니다

녹음의 멋 · 2

숲 속 가득히 배인 녹음의 향기
신선한 맛 향에
복잡하게 얽힌 온갖 잡념들을 녹여
더욱 맑아진 평화로 피곤한 노독을 씻는다

멍청히 찌든 허공을 한껏 털어내니
더디어 내가 보이고
내 진실이 이렇게 아름다운 것임을
이제야 알겠어

오랜 세월에 누적되어 온 인생사
그 어떤 괴로움도
고운 녹음 향을 마시니
별것 아님에 지쳐 울었어
헛바퀴 돌린 세월아
이제와 어찌하면 좋은가

대원사 계곡 · 1

높은 산 정상에서 제일 먼저 달구어진 단풍들
폭염을 퇴치한 공로를 간직한 채
붉은 근육으로 무장한
용감한 가을 용사로
온 세상을 데워 간다

오색은 저 높은 산만당에서
그냥 미끄러져 내려오더니
갑자기 온산에 불붙는 이 황홀함
이파리마다 눈알이 빨갛게 충혈된 채
온 계곡을 순식간에 태워간다

붉은 햇볕에 그을린 돌멩이도
갑갑증에 도저히 못 참겠는지
그냥 물속으로 뛰어들고
면경지수는 제 속내 활짝 드러낸 채
아예 부끄러움도 잊고 영의 세계로 몰입한다

---

* 대원사 계곡 : 경남 산청군 삼장면 평촌리에 있는 지리산 계곡 중 하나
(경상남도 기념물 제114호)

대원사 계곡 · 2

가을 환상으로 꾸려진 삼라만상
천년계곡에는 대원사를 끌어안고
울려 퍼지는 저 맑고 고운 풍경소리
조용히 듣고 있다

오래 처기를 가득 머금은 채
조용히 잠을 자듯
꼬불꼬불 여럿 갈래길 계곡마다
최고의 경지로 익혀낸 아름다운 날개 깃털
지나는 세월도 눈이 멀어
제 갈길을 헤매는 중이라

날 찾는 길손들아
아무거나 함부로 손대지 마라
뜨거워진 풍광에 눈부셔 델라
붉게 타오르는 계곡마다
숨이 턱턱 막혀온다

두꺼비의 격노激怒

송비산 높은 산만당에서
뭇 생명 지켜온 걱정 많은 두꺼비
북극 한파가 아무리 매서워도
폭염이 제 아무리 데우는 극한 난세에도
기름진 이 옷에는 그냥 미끄러져

언제부터 세상이 희뿌옇도록 아팠는지
발악하는 인간의 아우성을 듣다가 못 참아
오랜 천기 머금은
이 짧은 천년 모가지에 힘을 주어
하늘 향해 목청 한번 크게 틔우니

지구 먼 데서부터
서서히 지각이 흔들려오고
천둥 번개로 희뿌연 허공을 모두 태우니
저 괴물의 우울이 스르르 녹아
제 소리 한번 못 내고 절로 무너진다

* 송비산 : 경남 사천시 곤명면 송림리에 있는 산 (해발 343m)

　　정상에 있는 천년 돌두꺼비

마이봉의 형제

갓 벗어 창공에 걸어 놓고
두건만 눌러쓴 두 봉우리 형제
오늘도 한학자의 기풍이 서려 있어
오랜 후학들이 존중하는 학자의 기상

아침 햇살에 더욱 눈이 부셔오고
천년의 꿈이 빛나는 풍채는
지혜 찾는 열 학 풍이 배여
세상이치 깨달아가는 선비의 매력

미래 향한 끝없는 질주는
자연 속에 묻힌 진실을 하나둘 캐는 것
여태껏 못 보았던 자신이 보이니
영특함이 하늘에 닿는 두 선비

* 마이산 : 전북 진안군 마령면 마이산의 두 봉우리
　　　　(암마이봉 687.3m, 수마이봉 681.1m)

미녀봉의 꿈

오뚝 선 가냘픈 콧등에
햇볕이 살짝 앉으니 모두가 눈부시고
언제나 천년의 온천수로 몸을 닦고
제 맘까지 정갈히 가꾸어가니
우주 천년의 살 색이 바로 이런 것이라

아침 눈부신 햇살에
고운 입술이 살짝 빛나고
아직 희미한 안갯속 속옷만이
푸른 창공에 아련히 비치니
어느새 매끄러운 살결이 파르르 떨린다

어디에선가 지켜볼 내 낭군도
언제나 날 찾고 있을 것 같아
이 고운 몸매를 잘 가꾸어 빛나게 해야 돼
오늘도 이 만삭으로 하늘만 쳐다보고 누웠으니
천공을 안 먹어도 배 부르다

* 미녀봉 : 경남 거창군 가조면에 있는 산(해발 930m),
　　　애기밴 미녀가 드러누운 자세다

미륵산의 기도

끝없이 펼쳐진 망망대해
그 끝에는 무엇이 있는지
지혜의 파도가 한없이 춤추고
알 수 없는 푸른 미래가
거품 물고 달려온다

짙푸른 너울 위에
해풍이 힘차게 밀어붙이는 걸 보니
혹여 지구촌의 생명을 치켜 줄
미래의 꿈이 다가오고 있는지
무조건 믿고 기다려진다

갈매기야 자꾸 울지 마라
훗날 이 세상 계도 할 미륵이 오는 날
길 잃을까 봐 겁이 나니
아무리 기뻐도
그냥 이대로 조용히 기다리면 아니 될까

* 미륵산 : 경남 통영시 봉평동에 있는 산 (해발 458m)

비단 너울

어둑한 새벽 먼동이 틀 때
늦잠으로 뒤척이는 먼 옥구슬들은
그저 포근한 비단 속 미련에 꾸물꾸물
겹겹이 페인 파란 보물들이
하늘 밑에서 이리저리 구른다

울룩불룩 산소 뿜는 옥구슬 향
먼 우주를 휘감는
고운 융단에
신선이 천천히 내려온다

먼 우주 둘레에
아지랑이로 솟아오르는 이 진실을
온 세상 가득히 뿌려
모두가 더욱 행복해질 수 있기를
오늘도 비단 너울로 열심히 굴러간다

선학산에는

새벽 어둑한 허공을 털어내고
먼동의 뽀얀 안개가
산봉우리를 포근하게 감싸고 있어
소리 지르면 흩어질까
숨 쉬면 그냥 사라질까

정상에는
아직도 찬기운이 서리는데
새벽이라 덜 익은 햇살에
산새들은 성미가 급해 잘 보이지 않아도
이리저리 허공을 뚫고 다닌다

저기 눈 감은 새싹아
계속 춥다고 잠자는 척하지 마라
봄맞이하는 길손은 다 알고 왔다
설치던 훈풍이 땀을 쏟는데도
어찌 산새보다 늦게 일어나려 하는가

* 선학산 : 경남 진주시 옥봉동, 하대동에 있는 산 (해발 135.5m)

소나기 거리 · 1

갑자기 때리던 소나기에
금 새 길바닥이 흥건해지고
질퍽한 흙탕물이 거리에 넘쳐나니
피해 있는데도 전신이 붉어져 온다
길거리에 그 많던 길손들 금세 다 사라진 지금

계속 내리는 이 빗소리
갈길 바쁜 자에게는 너무 길어
잠시 가는 빗줄기 희미하게 흩날릴 즈음
어디서 구석구석 터져 나오는 군중들
그새 숨어서 무슨 생각들 했을까

잠깐의 피난처에서 가진
모두 함께한 순간의 행복이라
그 순간만은 진실한 내 안이었을 것
아무리 바쁘게 사는 소용돌이 속이라 해도
내 진정한 시간은 바로 그런 것일 것

소나기 거리 · 2

굵은 빗줄기 속
받칠 우산도 없는 우중 거리에
그냥 머리 위로 내러 꽂히는 소리
알밤으로 때리는 소리나
땍 땍 때려 눈을 뜰 수가 없다
저 수풀도 자지러지는지 몸부림치고 있어

지구 흔드는 저 뇌성 번개는
죄 많은 자에게 큰 엄벌을 내리는지
무서워서 빨리 피하는데
저 세찬 비를 맞고도 겁먹지 않는 사람은
준법정신이 투철한 자들인가

계속 다그치는 이 고문을
차마 못 듣고 있겠어
번개는 속내를 계속 추궁하고
뇌성은 머리 향해 호되게 꾸짖으니
겁 많은 내가 바로 큰 죄인이 맞다
저 벼락은 내가 맞아야 해

송비산은

사방을 한 바퀴 빙 둘러봐도
앞이 확 트인 넓은 시야라
먼 산봉우리가 사이좋게 어깨를 나란히 걸고
지구촌을 지키는 울타리
아지랑이 가물가물 피어나는 저 생동감

여럿 강 바다가 모여 주위를 에워싸니
맑은 물 오랜 세월로 넘쳐흐르고
한가운데 우뚝 선 송비산 봉우리는
거대한 물 위에 피어난 우주 연꽃봉우리

먼 산엔 산소 향기 올록볼록 솟고
꽃이파리 연푸르게 살랑살랑 대니
저 하늘이 녹아 연녹색이 되었나
그저 기막힌 저 율동 하나하나에
순한 감동이 끝없이 인다

* 송비산 : 경남 사천시 곤명면 송정리에 있는 산(해발 243m)

여의주 사냥

검붉게 타오르는 하늘가에
뜨거운 큰 불덩이 하나가
서쪽으로 서서히 굴러가는데
그 누구도 붙들지 못하는 이 안타까움

직접 보려 해도 눈이 부셔와
눈을 비비고 반쯤 가려서라도
정중히 친견할 수가 없으니
여태껏 저 외로운 항로 길임에도
날 함부로 보지 마라네

귀중한 진실은 내 눈앞에 아른거려
손가락 사이로 살며시 엿보니
곱게 달아오른 저 아름다운 여의주 한 알
눈을 감아도 그저 환하게 웃고 있어
언제나 볼 수 있도록 내 안에 있어주면 안 될까

영천강 꽃길

넓고 시원하게 휘어져
힘차게 돌아가는 강둑 길
가는 곳마다 봄꽃을 피워 물고
길손들은 꽃이름 하나 몰라도
조심조심 기억 속에 하나둘 담아간다

간밤에 마른 덤불 위에 앉은
하얀 물 서리가 아직도 차가운데
언제 이렇게 천연색으로 피어나
긴 강둑을 온통 꽃길로 깔아 놓았을까

한가로이 흐르는 저 강물은
요란 떠는 이 꽃도 못 본 것인지
그냥 제 갈길만 자꾸 재촉하고
저 왜가리는 아침도 굶었는지
그저 멍하게 서있다

* 영천강 : 경남 진주시 문산읍 통과와 진주 혁신도시를 지나 남강과
　　　합류한다

오월의 신록은

산마루에 녹색 바탕이 일렁여
부드러운 이파리 큰 파도로 뒤집혀 놀고
맑은 녹색 향기에서 생동감 넘치는
신록의 꿈 힘차게 펼치는 오월

높고 낮은 산등성이마다
창공을 휘감고 돌아가는
녹색 회오리 춤 바람은
저 높은 하늘 끝까지 올라가네

초행길의 어린 이파리
자꾸 펄럭이면 빨리 어른이 될까
제도 모르게 무조건 흔들어 본다
어느새 오월이 한참 익어가는데
유월은 어서 안 오냐고 묻는다

월아산 일기

바람도 없는 무더운 산길에
등산로도 녹아 힘없이 늘어진 길에
수풀도 숨이 멎어가고
저 매미도 목이 말라
울음소리 가늘게 이어지는 한낮

폭염만 판치는 세상
먼지 나는 길가에 비틀어진 수풀은
힘없이 흔들리는 깃털인가
지나는 걸음에 겨우 살랑대는
인사가 애처롭다

보라색 칡꽃을 물고 있는 저 월아산은
온 산야에 단내 뿌려 무더위 식힐 때
목마른 벌 나비 떼 모여들어
한때나마 지루한 폭염을 잊고 있다

* 월아산 : 경남 진주시 금산면 진성면 문산읍 일대에 있는 산으로
　　　　 장군봉(해발 482m), 국사봉(471m) 두 봉우리가 있다

저 솔바람은

제 모습이 보이지 않는다고
아무거나 막 쓸어 가는 무지한 바람아
송곳 솔 이파리에 찢겨 우는소리
자지러지는 저 소리 들어보라

그냥 스쳐만 가는 줄 알아도
솔잎 끝 날카로운 바늘에
갈기갈기 찢어지는 고통의 소리를
저토록 아픈데도 이를 악물고 막 도망치는가

온 산야를 막무가내 쓸어가는 무법자
어찌 그렇게 설쳐 대는가
솔잎 끝에서 할퀴고 갈라져
국수 가락으로 찢어져 아파 우는 솔바람
순전히 바람이 아파 울부짖는 고통 소리라

집현산의 봄

겨우내 목말라 그렇게 애태우더니
간절한 기도로 얻어진
생명수 한 모금에
그동안 꾹 참았던 숨통 터지는 소리가
온 산야에 길게 울려 퍼진다

침묵으로 일관하던 산봉우리
이제야 양어깨에 힘이 들어가고
남은 잔설을 힘껏 털어
크게 기지개 한번 쭉 켠다

혹한이 아무리 매서워도 세월 가면
스스로 녹아지는 것
새싹 움트는 곳마다
영롱한 눈망울이 빛나고
지나는 비구름도 마냥 신바람이 난다

* 집현산 : 경남 진주시 집현면 일대에 있는 산(해발 572m),
　　　　신라 고찰 응석사가 있다

165

폭우 쏟아지는 날

온 세상이 하도 시끄러우니
당장 조용히 하라고
무서운 폭우가 고래고래 고함을 질러댄다
쓸데없이 떠들어대는 저 입들을
모두 씻으려고 집중 퍼붓는다

허공에 떠 있는 저 많은 잔소리들을
모두 녹여 내어야
맑고 깨끗한 세상이 될 터
모처럼 큰 괴성으로 엄하게 제압하니
숨죽여온 자들 맑은 소리 나

한동안 어둡던 허공이
어느새 이토록 맑아졌을까
창공에 불어오는 이 신선한 바람아
어디에 있다가 이제야 속 시원함을 쏟는가

너울 여지도

2024년 3월 22일 제 1판 인쇄 발행

지 은 이 ㅣ 최인락
펴 낸 이 ㅣ 박종래
펴 낸 곳 ㅣ 도서출판 명성서림

등록번호 ㅣ 301-2014-013
주   소 ㅣ 04625 서울시 중구 필동로 6(2층·3층)
대표전화 ㅣ 02)2277-2800
팩   스 ㅣ 02)2277-8945
이 메 일 ㅣ ms8944@chol.com

값 13,000원
ISBN 979-11-93543-57-3